# 小鹿島の松籟

ソロクトのしょうらい

## 姜善奉詩集

*Kang Seonbong*

川口祥子 訳
上野 都 監修

解放出版社

This Japanese edition was published by Kaiho Shuppansha, in 2018
by arrangement with Aleph Publishing Co.
through KCC(Korea Copyright Center Inc.), Seoul
and Japan UNI Agency, Inc., Tokyo.
This book was published with the support of
the Literature Translation Institute of Korea (LTI Korea).

## 序詩

# 老姑壇《ノコダン》[1]

山のふもと
気ぜわしく
唇に紅を塗り
頬紅《ほおべに》を差し
黄色いチョゴリ[2]
五色に襞《ひだ》の波打つチマ[3]
冬将軍と婚礼をあげるゆえ
ぼうぼうと白髪のススキの穂越しに
果てしない長い初夜
沢山の子が産まれるだろうか

1　智異山の三大主峰のひとつ。一五〇七メートル。全羅南道求礼郡。新羅時代の始祖・朴赫居世の母・仙桃聖母を智異山の山神として崇めて祀った南岳祠堂があったとして〝山神おばあさんを祭る壇〟という意味の老姑壇という名前がついた。

2　朝鮮の民族服の上着。男女同形。

3　朝鮮の女性の民族服。巻きスカート。

# 目次

## 第三部



## 第四部

# 第五部

・詩の句読点と配行は原文通りである。
・註のうちで＊印は韓国語版にあったものであり、それ以外は翻訳者が付したものである。

# 第一部

# 自序Ⅰ

私は運命に宿命が重なり生まれてきた。ハンセン人[4]の母、その人生行路が私の人生の道となり、蔑視と冷遇の苦痛のなかに流浪の者としてさまよいながら、飢えと季節の過酷さにただ涙する人生であった。果てもないこの行路を、歳月に背を押されて、かように生きてきた。

病名もわからぬまま病む人たちと、治療薬のない病気に苛《さいな》まれる人たちが、もっとも悲惨で哀れだ。そのなかで代表的なハンセン病は、感染してもすぐには死にいたらない。それは皮膚と神経にだけ発病するので、名ばかり生きてはいるものの、体が変形する苦痛を受けるので、多くの人は自殺を試みる。

八歳の私は、隔離収容の道に連れていかれる母の手をしっかりと握り、小鹿島《ソロクト》に第一歩を踏み入れた。保育園の悪夢のなかでも、幼い私はオオバコのように生き残り、希望を夢見ていた。

4　韓国では、ハンセン病にかかった人、またはハンセン病にかかったが完治した人をあわせて「ハンセン人」と呼んでいるので、ここでもそのまま使用する。

# 泡沫《ほうまつ》人生

誰がこの道を行ったのか？

運命だったか？
宿命だったのか？

ムンドゥンイ[5]として流れ込んだ道
生存競争の花火も
今は　見物だけになったね。
欲望も夢も　捨て置いたから
虚《うつ》け者のような私の人生
天下泰平《たいへい》の人生を待ち
歳月の波の果てには

5　ハンセン病患者に対する賤称。

虚空を裂く泡《あぶく》だけが残ったのさ。

## あのころ

あのころ
この病気で棄《す》てられたので
人知れず家族のもとを発《た》ち　ジプシー[6]となり
流浪の人生を生きていた

光復[7]を迎えた翌年　早春の新芽が出るころ
悲痛を浄《きよ》めてやろうとの噂《うわさ》に
集まってきたハンセン人たち
トラックに載せられ日本軍の要塞の太宗台《テジョンデ》[8]幕舎へ
「ひょっとして〈好事 魔多し〉じゃないか」叫んだ声も

太宗台でのつかの間の暮らしも
コレラに罹《かか》り永久《とわ》の旅路へ発《た》ち
名を呼ばれた患者は無動力船に這《は》いあがり
曳航《えいこう》する安成号　飲み込まれんばかりの荒波に船酔いだけが残った。
八歳の憔悴《しょうすい》した幼子
どこに行くのかも知らないまま
母の病気のせいで
世間に戻ってこれない島だと叫ぶばかり

「坊や　行ってはいけない」
「ちびちゃん　行くな」

「だめだよ、ぼくの母さんは
つらい茨《いばら》の道だろうと　僕がついていかなくちゃならないんだ」

面変わりした母、

6 「ジプシー」という呼び方は他者による賤称であるから、自らが総称とする「スィンティ・ロマ」を用いるべきという説がある。また「放浪の民」という理解に対しても批判が存在する。しかしここでは、病気のため家族のもとを離れ流浪の人生を送る自らを「ジプシー（집시）」と著者が記しているので、それをそのまま使用したい。95頁の詩「ジプシーの舞」も同様である。

7 一九四五年八月十五日、日本の敗戦、朝鮮の独立。

8 釜山市影島区。釜山湾を形作る影島の先端に位置する景勝地。

魂だけでも守ってやりたく　避けること叶《かな》わぬ運命ゆえに
幼な子は母の手を離さなかった。

## 風浪の海路

動力船に曳《ひ》かれてゆく荷船
一本の綱に縛られ　荒波に揺られ舞う

霊魂までも飲み込まんばかり
二日の間　疲れ憔悴《しょうすい》した姿、虚《うつ》ろな瞳
瀕死《ひんし》に陥った彼ら

海のただ中　鹿の島
怒り狂った波に　地面もぐらつく桟橋
人びとは七つの列になる

黙って付いていけと言うばかり
息を殺し母のチマの裾にしがみつき　付いてきて
見慣れぬ赤い煉瓦《れんが》で築かれた家々を眺めやる
あまりに人里離れた世界のようで。

## そこでの最初の日

この島にも夜が来る
眠りにつく
夢を見る
朝も来る

三十七軒の家並み
職員地帯と鉄条網　カラタチ

さらに加えてアカシアで境界を造った
ここは選別された人だけが住むところ

二軒の男女独身舎
早く治療を受け
父母兄弟、夫、妻、故郷を偲《しの》び
再会だけを渇望する執念の独身者たち

三十六軒の家族舎
世間への未練と夢すべて捨て
慈しみ　愛し　支え合い　ともに生きようと
断種手術を受けたのだと

そうして生きるしかない
その言葉　その悲しい面差し
なんとも異常なる別天地

夢か現《うつつ》か判《わか》らぬまま……

## 母子離別

私と同じ運命で
泥だらけ鼻水垂らし　ネズミのように跳ね遊んでいたある日
子らみなを集めおき
裸で検査した日、
次の日　治療本館前の松林に引かれ来て
一列に並び　保育園へ行った。
老松の悲しい歌を聞きながら
「前に進め！」の恐ろしい号令に
足は震え　涙が前をふさごうとも
振り返り　また　振り返りして　遠くなる
鉄条網の境界線を越えると

また　カラタチの生垣
島の中に　またもや島があったのだ。

## 保育園

三方にはカラタチの垣
境界線の鉄条網にはアカシア
自由を失くした小鹿の悲しい瞳
母のふところ恋しく　しおれてゆく蕾《つぼみ》

生垣の外から
きれいな服を着て菓子を食べつつ
指さし笑っている職員の子どもたち
彼らの目に僕らがどう見えているからと？

心は開けっぴろげで
天使のように見える子どもたちだが
羨《うらや》ましさに妬《ねた》みと怒りで
こみあげる涙を見せたくなく部屋に隠れる。

## 愁嘆場《スタンジャン》[9]

母の胸から引き離された子ら
上級生と教師の暴力と脅しに
骨身に刻み込まれる傷跡
こらえた涙は小さな水溜《みずた》まりとなり
身を捩《よじ》り　母の乳首を探し求める。

時が限られた母と子の出会い
「ひもじいだろうね……」問う母の言葉に

9　小鹿島更生園では、職員地域とハンセン病患者たちが生活する病舎地域とを分ける境界線として、一九五〇～六〇年代には境界を区分する鉄条網があった。病院ではハンセン病の感染を心配して、感染していない子どもたちを職員地域にある保育所に隔離して生活させ、病舎地域の父母とはこの境界線道路で、一か月に一回だけ面会が許された。そのとき、子どもと親は道路の両端にわけられて一定の距離を保って立ち、親子は互いに目で会うことしかできなかった。この悲しい光景を見た人たちは、嘆息の場所という意味で愁嘆場と呼んだ。

言ってはいけない教えを忘れ
思わず言った「うん」のひとこと
咎《とが》として食らった山盛りの汁飯で死線をさまよう

泥まみれの栴檀《せんだん》の実を飴玉《あめだま》に
腐った豆の香ばしさに盗み食いし
罰で北風すさぶ雪庭で両手をあげて立たされ　眠りに勝てず
目が覚めると凍傷にかかっていた。

その姿を見た母は
張り裂ける胸を抱いていつまでも哭《な》き叫ぶ。

## 還　元10

見慣れない場所で両足の凍傷

愁嘆場の辛《つら》い記憶
母の温かい心遣いで治ったものの
耐えられなかった心の痛みに泣くばかり

男だけが群れ集う独身部屋
語調の異なる六人は
顔を突き合わせ　とりとめもない信仰談義
救いの光がないと言い張り　無神論者に

年に一、二回　配給された肉
均等配分、糸でくくり
匙《さじ》で　おまえのもの　俺のものと区分していた盲人

生き良い世の中へ変化の入り口
失っていた権利を取り戻す。

10 ＊愁嘆場より自由を取り戻したという意味。

# 第二部

## 自序Ⅱ

保育園での死の淵《ふち》を乗り越え、母のそばに来て、一か月間だけ母の部屋でともに暮らすようになった。しかし、体が完全に回復できていない状態ですぐ男子部独身部屋に移らされ、母と子の別居が始まった。その後の時間は、継続する隔離収容の悪夢を克服していく悲しみの旅路であった。

# 小鹿《ソロク》の松風

風の通り道　うら寂しい島
腰に傷跡の筋をつけた松の木[11]
三十六年　屈辱の証《あかし》の代償だ
春　夏　秋　冬
おまえだけのその声

強制収容に泣き叫ぶハンセン人
変形した姿のあちこちに刻まれた
強制労働の苦痛、
自由を失った祖国への郷愁
春　夏　秋　冬

11　＊日帝時代、松炭油を採取するために松の木に傷をつけたその傷跡。

おまえだけのその声
松風に　聞こえくるよ。

## ムカイ[12]の家

鹿洞《ノクトン》[13]のはずれ　突き当たりの赤煉瓦《あかれんが》の家
雪や雨、露　風を凌《しの》ぐ冷たい部屋
強制隔離収容の小鹿島《ソロクト》の敷居、どうしてこんなに高いのか

ムンドゥンイだと
父母兄弟、故郷の山河　すべてに見放され
黒い道　黄土の道　巡りながら
埃《ほこり》にまみれ　門前乞食をするうちに
血まめができた足、その指は無くなり
涙の泉は砂漠となり

ムカイに入って来たのだな
先に来た同病者と初対面の挨拶《あいさつ》をし
漆黒の夜
男女が火の気のない相部屋で
宿命の数奇ないたずらに
当てのない船を　待つばかり。

## 中央公園

癩《らい》人たちが住む島の公園
美しい姿で生まれた哀《かな》しい事情
日本強占期　遠い島から移されてきた木
宝城《ポソン》、得粮《トゥンニャン》湾《マン》[14]一帯まで強制動員され

12　＊日帝時代、小鹿島を訪ねてくる患者の待合室。
13　全羅南道高興郡鹿洞。ここから小鹿島行きの船が出る。患者と他の人たちとは船も待合室も区別されていた。
14　全羅南道宝城郡得粮湾。

採取した奇岩の運搬　疲れた腰を伸ばすとき
佐藤[15]の皮の鞭《むち》は宙を舞う。

残った気力で木と奇岩を
持ち上げ　置き　整える

空腹と辛苦の歳月
悲しみの過去を分かってくれずとも

季節ごと　その美しさを誇るのは
ハンセン人の魂が息づいているがゆえ。

# 小学校

網にかかった魚
猟師に追われる動物
冬にだけ訪ねくる渡り鳥

太宗台《テジョンデ》から
保育園
断崖の果て
小鹿島《ソロクト》まで

生まれながらに病《やまい》を得て　学べなかったが
年齢は千差万別
胸を開き道理を悟るため　踏み出した第一歩

15　＊建設現場の悪辣な日本人監督の名前。

（看護長 佐藤三代治）

師よりも年上の学生
だが　師と弟子として
私は蛍の灯火《ともしび》のもと　夢を満たそうと向学心を燃やす。

## 付添人[16]

無料で治療してくれるからと
遠い船路をやっと訪ねきたものの
命だけは持ちこたえたまま　付添人をやれとは

六人の食事の世話に家事まで
六十坪の畑仕事
新入院者には労役となれば
病の障《さわ》りは力に余り　疲労に瞼《まぶた》はふさがる

病を治しに来たのではなく
病を重くしようとして来たなんて
これはどうした事なのか？
もつれにもつれた胸の痛む生きざまよ。

## そこ

全国各地から引っ張ってこられた人々
そして異国の落伍者《らくごしゃ》フジモト
ただ癩病《らいびょう》のせいで
人知れず離別せねばならなかった悲嘆
それぞれ姿かたちは違っているが

16　＊手伝いをする人を意味する。

二十四時間一年中、昼夜共に生きてゆかねばならぬ運命
闇夜に青い人魂《ひとだま》が飛びかい
眠りのあと覚め見やると　隣には屍《しかばね》が
泣いてくれる者もない虚《むな》しさばかり
ただそうして　無為に逝《ゆ》く道ではあるが
むしろ　魂にはコレラが伝染しようと
癩病《らいびょう》だけは罹《かか》らないよう　ただひたすら祈ってやった。

## 騒擾《そうじょう》事件[17]

厳冬雪寒
錦《クム》山《サン》[18]伐採場へ呼ばれ行き　薪《まき》を用意したはずが

暖房費はどこに消えたのやら
何年か過ぎ　その真相が分かり
住民たちの決死の抗争
いかに叫べど　木魂《こだま》となって戻ってくる。

弱い者の中から主導者をあぶり出し
酷《むご》い拷問　棍棒《こんぼう》で殴る
苦痛に糞《ふん》を垂れ　担架に載せられ
腐った汚水を飲んで痛みを紛らわし
病む身で　追放の憂き目に遭うか。

悲惨な事情に　天も心を動かしたか
暖房費を横領した張本人が消えると同時に
錦山伐採場も消え
騒擾《そうじょう》事件の酷《ひど》い苦痛も　しだいに
穏やかな日常を取り戻したかのよう。

17　＊一九五四年四月六日、小鹿島で初めて人権と民主化を叫ぶ事件が起こった。
18　小鹿島の隣の巨金島は錦山面なので、このように呼んでいた。

# ＤＤＳ[19]１

旧約聖書の時代　追放された人たち
新約聖書の時代　奇跡に癒《いや》された人たち
その後　思いもしなかった治療薬
万里の長城より長い暗黒のトンネルを抜けて

ＤＤＳ、希望の光、
黎明《れいめい》が射《さ》し昇る時
暗闇に慣れきった切実なまなざし
傷つき裂かれた身を忘れようにも
傷跡だけは消えないから
のちの日に行き交う人びとよ
温かい心で共に歩いておくれ。

# DDS 2

一九五〇年代　豆粒ほどの丸薬
黒雲が晴れ　日の光が注ぐ時
数千年間　聖書に記されていたゆえに
無関心と蔑み　隔離の歳月、いまもなお
天と地は知っているといえども
みぞおちの際《きわ》は痛みが襲う

後の世代たちは
皮膚の病変なく完治するという知らせ
相次いで開発された治療薬
ダイヤソン、プロトミン
次々と世にあふれ出る新薬は

19　＊DDSはハンセン病治療薬。

希望を植えてくれる。
蔑視、冷遇、隔離は放《ほう》りすてられ
認識が変わり　偏見もなくなるだろうという
夢の前に　自由が築かれているのだから
「ハンセン病は治る」と
終止符を打ったためだ。

## 人として

みんなは私に人になれと言うんだよ
私はそう出来ないんだな
人として生まれてきたのに　人になれと言うんだから
どうしろと
ハンセン病の仮面をかぶったから

私の姿が隠されたんだね
治療薬が病《やまい》の仮面を溶かしたけれど
今は病気の痕跡《あと》が仮面になるんだね
そんなふうに歳月の奴隷として
生きてゆくこと、
それが　私が
人として生きてゆく道なのだね。

## 脱出の冒険

一日六十グラムの食糧のうち二十グラムを集め
ただ一つの方法でお金をつくる
しかし
秕《しいな》なので水に浮くのだろうか
穀物も私たちのように病んでゆくのだろうか

仕方がないから　食べはするが
食べ終わるとすぐに　押し寄せる空腹感
病弱な者は腹をすかせ　果てしない旅路を歩みゆく

生きて呼吸し　動くことができれば
暗い夜、監視を避け
人間として生きるために
青い海に命がけで飛び込み
水腹を満たしてゆき　やっと踏んだ陸地だが
苦労した甲斐《かい》もなく
高興《コフン》半島《バンド》で捕まり　監禁室の独房に行くのだね
なぜ？
何のせいだ？

# 苛性ソーダ

知能的拷問のような刺痛[20]
睡眠もとれない痛み
切実な死への執念は静かに潜み、
洗濯用の苛性ソーダの配給を受けた日
同僚たちが寝入った隙《すき》に水を飲むかのように手に取った。
食道をひっつかみ身もだえすると
悲鳴に起き出した仲間たち、
口は塞がり下血するばかり
顔は蒼白《そうはく》　目ばかりきょろきょろ。
何を言おうとするのか
涙だけがとめどない
苦痛も幸福の道に至る過程だと思っていたが

20　＊病歴者だけにわかる激しい痛みの症状。

今は違う、
彷徨《ほうこう》した辛い旅路
重い人生も下ろし
自ら散った魂を載せて
苦しみのない永遠の世界に行くのだろうか

## 朴さんの死

切れそうに細い生命線
恋しく　寂しくて
涙に濡《ぬ》れた目
今はもうこれ以上　さ迷うなかれ
身は刻まれて解剖室に行こうと
死を受け入れよう。

深い今際《いまわ》の吐息。

そばの金執事の祈禱《きとう》の声だけが聞こえる
「朴さん　すべてのことに時があること
遠い道へ旅立つ瞬間
腐りゆく肉体の想《おも》いを忘れ去り
永遠に安息する天国を望み
主に従い
残れる力を尽くしなさい
別れも悲しみも苦痛もない
その場所へ必ず入ってお行きなさい。」

木綿の布　洗いざらしの垢《あか》じみた
みすぼらしい服を着て
ハンセン病の障害に固く縛られた歩み。
いまや

研究用解剖を終え
花を飾った喪輿《もこし》もなく
慟哭《どうこく》する親戚もなく
ここに横たわるのだね
魂はこの世の苦痛から逃れ　天国に行ったので
身は一握りの灰になり
痕跡だけが残るのだね。

## 小舟

老松の皮で
帆掛け舟を作る
昨夜の風雨が吹き付け
ぬかるんだ松林の中の窪地《くぼち》
水が溜《た》まったので

帆掛け舟を浮かべると
風をはらんで走る
胸のわだかまりを解きながら
この舟に乗れば
抑圧、蔑視、冷遇、拘束のない
土地に行けるだろうに
だが
この舟には
ゴム靴片方も載せられないものを。

# 第三部

# 自序Ⅲ

歳月の流れに押されて涙の粒も大きくなり
洟垂《はなた》れ小僧は独り成長して小学校を卒業し
中学校に進学したが競争が激しかった。
十歳上の兄たちと競争した記憶をたどりながら……

# 進学

生まれながらに苦痛を負った　か弱い新芽
骨を刺し　突く疼痛《とうつう》
アスピリンの力を借りながら
小学校を卒業できた喜び
痛みさえも幸せだったほど。

坊主頭になり未来の夢に向かい
中学校に進学した日
苦い苦い海浮散[21]を飲むわけでもないのに
声をあげ　わっと泣いたその時が
無垢《むく》な追憶として次々に浮かびくる。

21　皮膚化膿症の薬。

# 私の詩

今は？

人間として生まれたが　ある日
この病気のせいで
目が見えず
手の指から腕、足の指から脚
崩れ落ち　切られ
聞くに難く　語るに余る
不具の身で
隔離収容所という足枷《あしかせ》まで
死ぬために生きているこの苦痛
健康　学閥　財産　差別の条件もないから

神の子どもになったのか
酷《ひど》い苦痛をくださった恩恵
いまこそ　解《わか》りました
わが霊魂の招来を待つことができて

幸せな私。

## 先生だと

還暦を越えた同病の友は
年齢不詳だからか
整形した姿だからなのか
役所の下っ端までも
なぜか　ぞんざいな言葉づかい

住民が　先生と呼び挨拶《あいさつ》すると
「おう」
両班《ヤンバン》の下僕への返事風に　挨拶を受ける若い職員
心が病んでいるからか
いや、当然だからか
同病の友の前では三綱五倫[22]も消えたのか
その時を　過日のことと留《とど》め置く。

## 感謝の人生

流れ雲　ゆっくりと過ぎ
山裾に栗鼠《りす》が遊ぶ
清らかな小川
ザリガニ、オイカワを釣った故郷を発《た》ち
見知らぬ島の暮らし

深い孤独を耐えるため
暗い夜の更ける六道で
悲しみに渇きを覚え
目が見えなくても
手足がなくとも
他人の物を貪《むさぼ》らないことを慰めとし
罪を犯すまいと贖罪《しょくざい》する祈禱《きとう》の人生
感謝する心を慰めとして。

## 夢の話

昨夜　音もなく小雨は降り
隣家の年寄りたちと話に花

22　儒教の基本倫理。三綱とは①臣下の王に対する忠、②子の親に対する孝、③妻の夫に対する烈。五倫とは①父子の親、②君臣の義、③夫婦の別、④長幼の序、⑤朋友の信。

金さんの夢の話
夢の中で駆けっこをするんだが
一等になり賞をもらったと
ひょいひょいと踊り
上気した顔で喜びをかみしめる
下肢を切断した金さん、

横に座った梁さん
桃の花が真っ盛りの故郷の裏山で
愛するスニと固く抱き合ったとか
ふわりふわりと踊る
目の見えない盲人

聞いてみれば　他愛《たあい》のない夢
それでも夢は夢だと　膝を打ち　笑う彼ら
純朴な魂は　話の間合いを埋めようと

一杯の茶に　濃い情愛を淹《い》れて飲む。

## 小鹿島《ソロクト》の松林

北西の方向　弓なりの湾
風の通り道
憂い　心配　苦悩で　胸が張り裂けるとき
心を解き放した海辺の松

八列の縦隊で
松炭油採取の醜い姿をさらし
世の荒波と戦争の悲哀を無言で見せてくれる
我らの悲しい証人

何も言わず　その場所で

風を追う　もの悲しいその音。

## 月夜に

おまえは公平で穏やかだな
罪のない人たちが暮らす
格子のない監獄にも

おまえを歓迎してやれない
目の見えない彼の顔にも
痛みに耐えかね恋しさにむせび泣く人の肩にも
そっと降りそそぎ　慰めてくれるのだね

私は死ぬなら
おまえの温かいふところに抱かれ

月桂樹《げっけいじゅ》で家を建て
可愛《かわい》い娘と暮らしたいものだ。

## 亡き者との別れ

狭い部屋　幾人かで眠るのだが
白髪の老人の激しい吐息に目が覚め
目をこすって振り向くと
鎮《しず》まった姿、冷たくひやりとする気配
そろそろと見回すと部屋は空《から》
幼い私は恐怖にいまにも泣かんばかり

人生は無常というが
解剖[23]を免れ　独り逝《ゆ》かれた魂
雲霧《うんむ》で黄昏《たそがれ》が染まるほどに

23　＊ここでは死ぬとみな解剖される。ただ公休日と日曜は解剖をしないので、公休日の前日に死ぬと、待っていて公休日に届け出て葬儀をすれば死体解剖を免れることができた。同室のよしみで、死体を一日部屋に置いておくという不便さを我慢してでも解剖されずにすむように配慮した。

亡き人との別れの時は　長い長いものだなあ。

# 第四部

# 自序Ⅳ

中学校を卒業し、誠実《ソンシル》高等聖経学校を経て、ここの最高学府である鹿山《ノクサン》医学講習所を修了後、同病の患者を治療していたが、五馬島《オマド》干拓場[24]へ脱出した。そして社会人として生きてゆくために苦闘していた頃のことを思い出してみる。

24　一九六二年から趙昌源《チョチャンウォン》・小鹿島病院長指揮のもとに、ハンセン病回復者たちが自分たちの定着村を作るために高興郡五馬島の干拓事業をはじめた。しかし地域住民は激しく反対し、一九六四年には作業主体が全羅南道に移され、完成後もハンセン病回復者の土地にはならなかった。

## 生の終わり

呼吸が止まった鹿の島の病《やまい》の床《とこ》
両の拳をぐっと握りしめ　渡ってきた世間
いまこそ運命の罠《わな》を脱け出るのだね

心配、憂い、妬《ねた》み、羨《うらや》み、憎悪、貪欲、情欲
その痛み、孤独、寿衣[25]を着て棺に入れられ
白い煙の手招きで　おぼろに見えるのか
虚空を巡り
かつて吸っていた空気を求め逝《ゆ》くのか

痩《や》せ衰えた骨が粉になり
大地の恵みを受けたゆえ

25　死者に着せる衣。

一握りの土に還《かえ》してもらえるのだな。

## 歳月の痕跡、小鹿島《ソロクト》

宿命の黄土の道
千里の道　邂逅《かいこう》は同病者の叫び
涙の泉　枯れて
息も絶え絶え　小鹿島　目の前に
海が道を塞ぎ
ムカイから櫓《ろ》を漕《こ》ぐ船頭だけが心うつろに

小鹿大橋　雄壮に
櫓《ろ》を漕《こ》ぐ船頭は昔の話
哀歓の黄土の道は
アスファルト舗装の黒い道になり

行き交う自動車
宿命として来たが　喜んで出るのだね
百年の歳月の皺《しわ》よ
その一筋一筋を知らしめよ。

## 視線

巨金《コグム》橋《キョ》[26]　長い橋桁《はしげた》
朝まだき　日の光　山の陰
橋の底には　透んだガラス
悲しい境遇に酔い
空疎な歳月につながれる
小さな舟の水しぶき
砕け散る波の音
はるかに聞こえくる。

26　小鹿島と巨金島の間に架かる橋。

# 乞食に青柿

餓《う》えて力尽きた物乞い
露が降りた草原の道
ゆらゆらと白い煙が目くばせする
柿の木の下　青柿の塚

朝の食事に忙しい
蟻《あり》一匹
無言で深呼吸
一息に飛ばされていった蟻

自然に熟れた青柿の熟柿《じゅくし》
ぐいっと喉を越してゆくから

誰に教えよう
その味を

## 永遠に　お前と私はともに

宿命でハンセン人となり　ここに眠る霊魂よ
故郷　山川　父母　他の人々よ　どうしているのか
故郷　山川　父母　無縁の人たち　どうしているのか

棄《す》てられ　さすらった
蔑視　冷遇　強制労働　隔離収容　余すところなく
人間ながら人間の生命《いのち》でなかった
痛みにまさる障害で　終わりなき苦闘
孤独に恋慕の涙はいかほどであったか
桎梏《しっこく》にひき裂かれた恨み　解くこと叶《かな》わず

お前と私はともに
お前と私はともに
お前と私はともに
お前と私はともに
お前と私はともに
お前と私はともに

他郷暮らし　恨めしく目も閉じることができない
哭声《こくせい》のない死
ひと枡《ます》分の灰となった
万霊堂[27]で安息し
合葬されて墓に
一万三百二十三位の霊魂として
十月十五日[28]　追慕する一世紀

男女の区別なく　手に手を取り眠ったのだから
何を羨《うらや》み　恐れることがあろうか！

お前と私はともに
お前と私はともに
お前と私はともに
お前と私はともに
お前と私はともに
お前と私はともに

## 冬の大雪

風がいらつかせるから
その絶え間に降りしきる雪も舞い狂うよ

錦山《クムサン》　島は　おぼろげに
暗翳とともに消えうせた
金光橋[29]はどこに行ったか
雪が降りしきる　降りそそぐ
怒れる雪の暴風が止《や》み
海は湖になり
変わりないその姿をさらけ出す
家の前の松の木は
綿の服をまとい
地面はすべて
白い布団を被ったね

27　小鹿島の納骨堂。
28　毎年十月十五日に万霊堂の前の広場で国立小鹿島病院合同慰霊祭が行われる。慰霊祭が行われる数日前に、十年を経過した遺骨は万霊堂からその後ろにある墓地に合葬される。
29　巨金大橋のこと。最初はこのように呼ばれた。

ああー
塵《ちり》ひとつない清らかさよ
永遠であれ。

## 小《ソ》鹿《ロク》島《ト》連絡橋

ああ！　こんなことが……
あの海に
ハンセン人たちが涙を流す橋が架かっているよ。
あの海を
ひょいと一歩で越えるかのような
太くて長い橋が架かっているよ。

あの橋は　抑圧から自由を渇望し
飢えを抜け出したくて海に飛び込んだ

多くの魂が集《つど》っているのだろう

魂は
自分を棄《す》てた父母兄弟と
故郷の土の匂いが恋しくて
あの海を身もだえしながら泳いだのさ
そうしてあの海の水底で
息絶えて魂になったのだ。

今……
その魂が集まり
ほら　あんなふうに陸地に出てゆく
長い橋になったのだろうよ。

## わたしは

わたしは雨として降るのは嫌さ
牡丹雪《ぼたんゆき》になり
びゅうびゅう　風と戯れ　ゆったりと
包んでやり　覆ってやり　白い国を作って
わたしは　白雪姫になるつもりさ。

## 立ち止まらないよう

落葉たちの寝衣に
初雪がそっと降れば
小川は

初氷の涙の粒をほろりほろり
びっくり仰天した　川の水
息をきらして追いたてる
ひたすら低いところへ
冬の奴隷を避けようと。

## 希望の村[30]

無量億劫《むりょうおっこう》　自由になり
貧しい所には小さな泉
強い風雨をよけて咲く花火
風間《かざま》にも消えはしない

寄せくる波音に
荒波が舞い狂う

30　＊大宇海洋造船が建設して寄贈した家。著者が住んでいる家でもある。

笑い声は天に飛翔《ひしょう》すると
情け深い吐息で　幸せを分かち合う

敷地の前
海を越え　巨金島《コグムト》の積台峰《チョクデボン》
小さな鹿の島　見下ろして
雄壮な大橋の夜景に酔う間に

ゆったりとした空間から聞こえる祈り
暗いところへ黙って訪ね来て
明日のための希望の種を手渡してくださるあなたがたに
その感謝を伝えます。

# わらび——済州島へわらびを採りに

清らかな露に濡《ぬ》れて
大地が息づく山野
陽当《ひあ》たりのいい森の中には
クロウメモドキ、イバラ、ススキ　夢見がちに
白い穂首を垂れ　突きあげ

冬の厳しい寒さを耐え
花冷えが通り過ぎる野道に沿い
陽光に伸びあがり微笑《ほほえ》む

冷たい霜に服を濡《ぬ》らし行き
茂った草木をかき分け

くるくる丸い幼いわらびを探して
女たちの手の動きが忙しくなる。

## ススキの花

登り道　野道　沃土　砂利地
平地　傾斜地　陰・日なた　隔てなく
旱魃《かんばつ》に喉の渇き
粘り強い生命力

秋雨にしっとりと濡《ぬ》れ
花の蕾《つぼみ》　はじけようとするとき
美しい色　やわらかさ、口に含みたかったが
白髪頭になり　時のままに飛んでいくよ

か細い腰
西風に舞い揺れ　折れるが
からんだ網のような根が支えなのか
自然の胸のなかで命永らえるということか。

## 千年の飛揚島《ピヤンド》31

約束された医療奉仕
瓮浦《オンポ》から漁船で飛揚島に向かう航路
黒雲が海を威嚇するが
信義の道の行く手は阻《はば》めない

二〇〇二年七月二十一日　かつて火山として誕生した
飛揚島　千年の姿は
青い海の真ん中で誇らしげだ

31　済州島翰林港近くにあり、飛んできた島という意味の小さな火山島。中央にある飛揚峰が島全体面積のほとんどを占めている。島の周りには約八十種類の豊富な魚や海藻類が生息しており、夏は釣りを楽しめる。飛揚峰の下の船着場周辺にあるのが唯一の村である。

ここでだけ味わえる
巻貝粥《がゆ》[32]一杯に　愛情だけが醸《かも》されてゆき
情厚い島人の皺《しわ》ばかりの手を握る

突然降り注いだ土砂降りの雨　強い風
千年溜《た》まった垢《あか》をこすり落とすのか
千年積もった歳月の恨《ハン》がこもった涙なのか

## 小石

海辺　波に洗われる音、ザァー
泡に追い立てられ
踊っては転がり
癒える間もなく生まれる傷

模様もさまざま
形もそれぞれ
そのなかで　不器量なのがわたし
可愛《かわい》いのがおまえ

小石のような人生
運命もわたしと同じだね
ひとつ拾いポケットに入れて撫《な》でさする
大切にしまっているから光り輝くのだね。

## 私の人生

人ってものは　泣かずに生きようとしただろうが
なんのせいで　こんなにも泣いたのか

32　ふやかした米をごま油でいためて蒸しておき、巻貝の身と内臓はすりつぶして水を注いで濾し、その水で米を柔らかく煮る。塩で味を調え、糸ネギをのせる。

父母も故郷もない幼《おさな》い心
病んだ束縛の歳月
涙を流さないわけがない
あんなにもして
歳月の束縛から逃れ出ると
世の荒波の激しい風
耐える道はないのだな
尽きることのない涙
生きているから　生きているからこそ
希望の糸を掴《つか》んだ人生
逆境の歳月をよじ登り
涙が晴れたが
黄昏《たそがれ》の夕映えまぶしく
深い憂いに沈むよ
乾くことのない私の涙の川
湖となり舟を浮かべるだろうよ

# 第五部

# 自序Ｖ

トンネルのような暮らしを抜けるや訪《おとず》れた直腸癌《がん》を克服し、新しい世界を求めて旅に出た。新たに与えられた人生に感謝し、希望を求めて発《た》った旅先での感慨を著《あらわ》してみる。

# ヨーロッパへ

息つく暇もない生存競争
生きることは重荷だなあ
熱望も世事も運命の前にどうしようもなく
生きることにあくせく　わけもなく辛《つら》い日々を忘れようと
重荷をほうり出しヨーロッパへ
体と心も中空に飛んでいる
窓の外の銀河に　夢も悲嘆も歳月も流してしまおう

高くそびえる山　重たげに伏せた山　村々に
かすかに人の住む気配
漆黒の夜
またたく　かすかな光

室内灯が消える
僅《わず》かでも眠ろうとするが
明け方に現われるウラル山脈
ヨーロッパの平原を一望に
山と野原、河、まさにここなのか
いつの日にか　来ようと願っていた
パリ国際空港

## パリにて

まさに夢のヨーロッパの地、
私一人で　靴紐《くつひも》を結び
ルーブル博物館　無料の入館日
広場に長い列　鳩《はと》が目覚め　戯れる

小品からミイラまで
寄贈されたのか？
こっそりと持ってきたのか？
強奪して持ってきたのか？
購入して持ってきたのか？
奪われた者たちの子孫は語る言葉を失い

ベルサイユ宮殿　その雄壮さ
ナポレオンが英雄を夢見ていた多くの痕跡
庭園の広さと美しさに
我を忘れ　歩きに歩いた

エッフェル塔の前で人間は霞《かすみ》になり
国籍も名前も知らない人たちと登り　また登ると
パリ市全景が一目で迫ってくる
モンマルトルの丘　芸術の街

ノートルダム　マドレーヌ聖堂
ガルニエ オペラ劇場、その豪華さ
コンコルド広場　人種の展示場を過ぎ
セーヌ川の泥水　遊覧船に身を任せて

見慣れない町　通じない言葉　降り注ぐ雨脚
その中に私は立ったのだね。

## ルツェルン[33]の時間

ヨーデルの唄に　夢のような登山　絵のような家
アルプスの麓《ふもと》　緑の牧場　奇岩怪石
青い湖とひとつに調和した小さな村
あの村に私の家があるならば

ルツェルン　蛙《かえる》の造形物　夢の都市
雨に濡《ぬ》れている一三三三年ロイス川に架けられたカペル橋
氷山が解け　轟音《ごうおん》に不安をあおり流れる
木造の橋二百メートル
十七世紀の画家ハインリヒ・ベグマンの板絵
見慣れぬ異邦人との往還、度々《たびたび》の鑑賞

こわごわと　高く建てられた昔の城壁に登ってみた
戦《いくさ》の痕跡がどこかにないだろうか
瀕死《ひんし》の獅子《しし》像
一七九二年ルイ十六世とマリー・アントワネットが滞在した
テュイルリー宮殿の死守で七八六名のスイス兵士戦死
彼らを称《たた》えるために
デンマークの彫刻家トルバルセンが造ったと

ルツェルン湖の遊覧船

33　スイス中央の観光都市。ロイス川に架けられた屋根つきの木造の橋が有名。

水と山と文化と自然の調和
美しさそれ自体
幻想の地
留《とど》まりたや　暮らしたや。

## ティトリス、[34]雪山三二三八メートル

ルツェルンから赤い列車で
山の斜面はロードローラーでエンゲルベルクに到着
ケーブルカーは休みなく登り下り
そして　私はひとりで待った
ハングルで刻まれた
「世界最初の回転するケーブルカー」
とても心が満たされる
ぐるぐる回りながら登っていくのだが

絶壁の奇岩、雪に覆われた風景
私の目はぐるぐる　休む間もないが
案内員は私に微笑《ほほえ》みかけて

チャイナ？
ノゥ
ジャパン？
ノゥ
コリア？
イエス

頂上三二三八メートル　息が苦しい
八月に雪がちらちら　スキーを楽しむ姿が羨《うらや》ましい
氷の洞窟を過ぎて深呼吸すると
アルプス山脈、ひとつの頂上を登っていくのだな
夢のようなできごと！

34　ティトリスは、スイスのオプヴァルデン準州にあるアルプス山脈の山。

# 白頭山《ペクトゥサン》35

心は昨日も今日も　いつまでも　おまえに
白髪の身で訪ねいくのだね
北京《ペキン》　延吉《ヨンギル》　歩き巡り　遥《はる》けくも遠い道
長白山《チャンベクサン》　中腹の長白《チャンベク》ホテル
白夜の長い夜　胸のときめきに浅い眠り

七月の末なのに　残雪があちこちに
自動車は雲の上に登ろうと
大きく息をし、力を尽くし
大地にしがみつく花びらはぶるぶる震え
雲の上に登った自動車、白頭山は目の前だ
天池《チョンジ》が私を歓迎してくれる

坂道百余メートル
天池十六峰　雄壮な将軍峰《チャングンボン》へ
民族の恨《ハン》こもる二七四四メーター　荘厳な湖
九か月は雪に覆われ　三か月は雲に包まれ
さらすことの出来ない内気な面《おもて》に近づくと
一瞬すべてを脱ぎすてた裸身に　その美しさを見せてくれるね
深呼吸　心の奥深くいっぱい満たした。

## 長白《チャンベク》瀑布《ポクポ》

鴨緑江《アムノクカン》　豆満江《トマンガン》の源　おまえの魅力に感謝を抱いて
広い平原を懐《ふところ》にした雲の上から
名残惜しい心で満州の平原を見おろすと
数多《あまた》の道　絶壁ぞくぞく

35　中華人民共和国吉林省と朝鮮民主主義人民共和国両江道の国境地帯にある標高二七四四メートルの火山。別名長白山。頂上には天池と呼ばれるカルデラ湖がある。中国東北部を潤す松花江、および中国と北朝鮮の国境である鴨緑江・豆満江はこの山を源として発している。

緊張した手に汗がじっとり

長白瀑布から臨み見た白頭山
陽光は刻々と移り　雲はオリンピックをしている
天池を発《た》ち　闥門《タルムン》と紅天夏《ホンチョナ》を過ぎた水
何を急ぐのか凄絶な　せめぎ合い
落下傘もなく絶壁を
二筋の泡立つ憤怒は

いつしか悠々と流れつつ　声を立て　手をたずさえている
水よ　水よ
おまえは空から降《ふ》りきて　共に流れ　海へ行くなら
二度とは戻って来れないから　争わずに流れゆけ

卵が煮えていく温泉　長白山の渓谷
流れる水に足を浸し座ると

六・二五《ユギオ》の時[36]　昼も夜も覚えさせられた
「長白山の峰々を――」その歌を思い出す。

## シドニーの祭り

観光の日が明けた　窓の外に青い草原
ゴルフで朝の運動、生まれの違いなのか
ハーバーブリッジ　オペラハウス　シドニー聖堂の名所が
記念写真を撮るところだとガイドの言葉
遊覧船がかき分ける青い海　波しぶき
ただ　美しい　という言葉のみ

郊外へ
ブルーマウンティン　目に入るすべてが壮観だなあ
その絶景　感嘆ばかり

36　一九五〇年六月二十五日に朝鮮戦争が始まったので、朝鮮戦争のことを六・二五という。小鹿島は一時、朝鮮民主主義人民共和国の人民軍に占領された。「長白山の峰々を血で染めた跡」で始まる『金日成将軍の歌』は占領した各地域で教えられた。

扮装《ふんそう》したアボリジニーの
「アンニョンハセヨ」
そのひと言に写真を撮りながら
彼らの悲しい眼《め》の光を見る。

## ニュージーランド

オークランドの丘に登り
青い海を庭園にし　浮かんでいるヨットハーバーを見ると
生きることが　美しい

草原の牛と羊の群れがくれるゆとりの中で
見知らぬ土地の無愛想な女性は
鼻を二回合わせつつ　ニュージーランド式の挨拶《あいさつ》をする
垣根の周囲で　男根彫刻を頭にかぶった

水蒸気が飛び散るマオリの舞
泥土　ぶくぶく
間欠泉　水蒸気が柱になって天に昇る
自然の調和がここにあるのだなあ

ロトルア湖を見ながら
思い出の恋歌を歌う

ポリネシアンプール
露天のミネラル硫黄《いおう》温泉
硫黄の匂いに酔うものだね。

## 地の果て――ポルトガル

ユーラシア大陸の最西端

岩の村　カボラロカ（ロカ岬）
地の果てに　灯台一つ

「ここに地　終わり
　海　始まる」

ポルトガルの詩人　カモンイスの詩が私を呼ぶ

大根を切るように生まれた絶壁が
大地の果てになったと
詩が　教えてくれるよ。

## コルクの木の悲しみ

リスボンを出発

海のように広いテージョ川の
長々しい橋を過ぎると
広々とした平野が迎えてくれる
太い木の腰が剥《む》かれて
赤い肉をむき出して続く　コルクの木の群生
治療も受けられず　風に　埃《ほこり》に
どれほどひりひりと痛むことか
風に震えている葉群れ
痛みに疲れた手ぶりのよう
ひたすら　自然治癒だけだね
その苦痛が何年ごとかに繰り返すとか
痛みも続くのだろうになあ。

# フェズ[37]の道

タンジェから近道で初めての道を走る
痩せた耕作地と天真爛漫《てんしんらんまん》な子どもたちの視線
山とはいえ　森はなくオリーブ農場へ
千五百年の旧道

千二百年前　イドリス　カリフ王朝
当時の道が　過去に向かう通路なのだな
狭いアーチ門　狭い路地を　ロバに乗り
時間が停《と》まったような迷路じみた路地をぶらつきながら
旧跡の美しさに魂が抜けたよう
千五百年続いてきた皮なめしの臭いに酔い

人が生きる所に違いがあるとは言えないものの
みすぼらしく見えるガイドに　生きることは辛《つら》いかと尋ねてみた
「いいえ」
アラーの神が与えて下さるままに生きてゆくから幸せなのですと微笑《ほほえ》む
そう、心を空にすることで人生の重荷を下ろしたのだね
昔のことは全てが大事な大切な教えなのだ！

## ジプシーの舞

スペイン　グラナダ
雪に覆われたシエラネバダの山の頂き
日なたに出ると暑く　日陰は寒い
地中海の冬はこんなだと
フラメンコ　ここでだけ見ることができると

37　アフリカ北西部、モロッコ王国北部の内陸都市。過去、イスラム王朝の多くはここを首都とした。複雑な構造の旧市街は迷路にも例えられ、一九八一年、ユネスコ世界文化遺産に登録された。

風邪《かぜ》と旅の疲れで疲労はたまっているが
ジプシーだった昔の記憶がきれぎれに浮かび上がる
傾斜した丘陵の洞窟ではフラメンコ
川辺の橋の下では門付け芸人の粗野な舞い
今　私の心は重いばかり。

## 月桂冠《げっけいかん》

バルセロナの丘　オリンピック競技場入り口に
ハングルで書いた黄永《ファンヨン》祚《ジョ》[38]記念碑が建っている
藍色の地中海を見おろしながら
出発点は下り坂　みな力強く
決勝点は上り坂　疲労困憊《ひろうこんぱい》

死線を行き来した　忍耐の栄冠
ああ　……　歳月が流れた今
私の胸は溢《あふ》れんばかりだ。

## ガウディの痕跡を訪ねて

バルセロナ
おまえは　藍色の地中海を胸に抱く

当代有名な建築家ガウディ
サグラダファミリア　グエル邸宅　グエル公園
聖家族聖堂（未完成）
その時代の円筒の柱に四角のタイル
彼をまっとうな人間に見ただろうか

38　黄永祚　一九七〇年、江原道三陟生まれ。一九九二年、バルセロナオリンピック男子マラソンの金メダリスト。

聖家族聖堂
百年前に聖堂を半分ほど建てるが
ガウディは姿を消した
百年の間の指針と待機は
彼が残した痕跡だろうな

## 月出山《ウォルチュルサン》[39]

八百九メートルの天皇峰に
将軍峰　獅子《しし》峰　九井峰　香炉峰を率いて
連峰を造り　月出山になったのだね
おまえの山並みの上に　広がる日の出と日の入り
その壮観さは湖南《ホナム》第一で
おまえの美しさはどうだ

月出山よ　おまえの姓は　月氏だが
名は　百済新羅時代は「奈山」
高麗《こうらい》時代は「生山」
朝鮮王朝時代は「出山」
そう　石英 斑岩《はんがん》 玢岩《ひんがん》と　月光が照り映える月出山だと
もはや　その名を変えるな
おまえのふところから流れ出る
七里滝、九折滝、龍舟滝、黄絺滝、大東滝、温泉滝、龍水滝
それもまた絶景なり
その姿に酔い　登りに登って　足指の骨折も忘れたもの
おまえの麓に家をつくり　田畑を耕し　種をまき
息子を産み　娘を産んで　垣根の内にカボチャの花　瓢箪《ひょうたん》の花
人間の情があふれる霊岩《ヨンアム》なり
月出山よ　美しい面差し
装い　慈しみ　おまえと霊岩を世界に　広く　広く……

39　月出山国立公園は全羅南道霊岩郡にある山岳型国立公園。「月が出る山」という意味で、その名のとおり美しい自然景観を誇る。とくに天皇峰を中心に山全体が水石の展示場のように多様な岩石で成り立っており、一年中行楽客の足が絶えることがない。

# 耽《タム》津《ジン》江《ガン》[40]ダムに立って

耽津江をさかのぼり
谷間ごとに絶景の地
胎盤を埋めた命のよりどころ
懐かしみ　離れたくなくても
水管理一等国を成し遂げよと
譲歩するその心、その痕跡に
花が咲き、実がなり
青い水をいっぱいに湛《たた》えると
風の絶え間に　銀色の漣《さざなみ》を満たす
耽津ダムの広場
建設部長官　次官　局長たちの名前が
記念碑の一面いっぱいを埋めても

痕跡だけが遺《のこ》る　名もなき人々が
訪ねくる者を　迎えてくれるね。

## 追憶

一九六三年秋　落ち葉につれ　小荷物を下げ
雙溪寺《サンゲサ》[41]の向かい側　藁屋根《わらやね》の村へ
厳冬雪寒　連れもなく　あるのは沈黙と寂寞《せきばく》ばかり
満開の婚礼のトンネル　桜の花は
雙溪寺の渓谷を白い霞《かすみ》で覆った
二十代　流浪の偽医者の悲哀を抱き
私の門出が桜の花とともに　埋められているその場所
二〇〇六年　四十余年が流れ　梅の実が熟すころ
孫の手を握り　また来たよ

40　全羅南道三大河川（栄山江、蟾津江、耽津江）のひとつ。耽羅（済州島の古称）の人々がこの地に初めて船を着けて上陸したことから耽津江と呼ばれるようになった。

41　慶尚南道河東郡花開面雲水里にある古刹。

渓谷の岩　雙溪寺石門　七仏庵渓谷
仏日の滝　水音はそのままだが
流れる水は　昔の水にあらず
世の波に乗せられ　流れ流れ　さ迷って
今は年輪ばかりが増え
白髪はほつれ乱れるのか。

## 内蔵山《ネジャンサン》[42]の紅葉

黄昏《たそがれ》に妻と訪ねきた内蔵山
おまえは名に値する絶景なるかな
見上げても　見下ろしても
冬の眠りに酔おうとする
おまえの赤い顔は美しくもある

傷ついて染みがついた顔
風のせいにするのか
ザァー　止《や》むことのない風
道端に芽生えねばならぬ
どうすることもできない運命により

生い茂った森　試練の痕跡
日光も　月光も　雨風も　露も
かように違ったから
構図と彩色の調和
美を成したものを

## 正東《チョンドン》津《ジン》駅[43]

新年の希望を抱いて

42　全羅北道井邑市と淳昌郡の境界にある山。国立公園。紅葉の名所。

43　江原道江陵市にある駅。「世界一海岸に近い駅」といわれる。正東津という地名は、朝鮮時代、漢陽（今のソウル）の光化門から正確に東に位置している港ということで名づけられた。

黎明《れいめい》の白砂浜は人波でごった返しているが
高い波も泡沫《あわ》として抱いていくのだね
あまたの世情の跡は　きれいさっぱり
白い饅頭《マンドゥ》の皮に
そっと熱い日輪が立ち昇るから
美しい刹那《せつな》を逃《のが》しやしまいかと
老いた妻の手を握ります。

## 寂しいその島

遠い遠い　韓半島　西の果て
寂しく浮かんだ　紅島《ホンド》[44]
緑の森を布団にして眠りについた
おまえ
雨風

吹雪
休むことのない波
壮烈な日差し　残忍な冬将軍
ひき裂かれ　削られる歳月
それは　どれほどだったか
赤い肉が
どれほどひりつき痛いか
涙も叫び声もない
おまえ　痛みを感じないのか。

## 待たねば

春
抗癌《こうがん》治療に息も絶え絶え
一日一日　倦《う》み疲れる生命延長の闘争

44　全羅南道・木浦港から西南に一一五キロメートル離れたところに位置する島。約二十の島によって構成され、海岸線は二〇・八キロメートルで、赤褐色を帯びた岩島である。夕暮れ時に島全体が赤く見えることから紅島と呼ばれ、さまざまな形の岩石と削られたような絶壁など美しい風景を海上遊覧船に乗って見ることができる。また、この島には二百七十種の常緑樹と百七十種の動物が生息しており、一九六五年に紅島一帯が天然保護区域に指定されている。

トラジ[45]の若い根を五日市で買い求め
日の当たる片隅に植え
毎朝　眺めやる

枯れたのか、しおれたままで
私は焦る
無為な反復を過ごしたある日
若芽が出て　伸び
茎になり
紫や白い花が
競って咲いたと思うと
花が散り　種の袋が熟れんばかり
夏が遠のいてゆくのだね

流れる歳月
おまえは桎梏《しっこく》の滝にも出会わないのか

遅くも　速くもなく
走りも　休みもしないのだが
私ひとり急ぐよう　何をか言わんや
待つという摂理を。

45　桔梗のこと。食用、薬材ともなる。

エピローグ

# 自分を見つめなおし 人生を振り返って

今や私の年齢は古希を越えて八十歳に手が届こうとしています。私は母を愛し感謝することで生きてきました。七十を従心と呼び、心の趣《おもむ》くままに行動しても人の道にはずれることはない年齢であるといいます。先人の言葉を頼りにして、自分の人生を詠《うた》った恥ずかしい詩を編みました。

私は八歳のときに母の手を握り小鹿島《ソロクト》に来ました。釜山太宗台《プサンテジョンデ》の臨時居住施設でともに過ごした周囲の多くの方々が、その島に行ったら陸地に出てくることができず、行ってはならないと言ったのですが、私は母の手を離すことはできませんでした。

私は一九三九年に共同墓地がある谷間の掘っ建て小屋で谷間の者[46]夫婦の息子として生まれました。幼かった私は何もわからず、物乞いに歩く父の肩車に乗ったまま、あちこち出かけるのが好きでした。五歳のとき、晋州班城《チンジュパンソン》から父の肩車に乗り、蓮花山《ヨナサン》の道を越え、固城《コソン》に物乞いに来ました。そこで臨時に寝場所だけをなんとか作り、何日かの物乞いでやっと私たち三人の命を保っていました。しかし父の体調が悪化し、歩けなくなりました。谷間の者のなかまが交代で父を背負い、蓮花山の道をまた越えて戻ってきましたが、何の治療もすることができませんでした。

物乞いで集めたいくばくかのお金はあっても、父を治療してやろうという医者に会うことはできませんでした。母は良いというあらゆる民間療法で心をこめて看病しましたが、十一月の二十一日、谷間の者であった父は母と私を残して目を閉じました。母が悲しみに浸っている頃、光復が訪れました。今はどこに行っても自国の土地であることを頼みにし、釜山太宗台（過去、日本軍の幕舎）で夏を過ごし、晩秋に五六《オリュク》島近くの海から小鹿島に行く貨物船に乗りました。

　動力船が曳《ひ》いてゆく船の狭い船室に、老若男女の区別なく荷物のように押し込まれたまま、一泊二日の間、揺れる波に身をまかせて小鹿島に向かいました。狭い船の中ではけんかもし、海水で炊いた握り飯を噛《か》みしめながら、ようやく小鹿島病院に着きました。船から降りるとき、船着場がぐらぐら揺れて見えるほど船酔いで胸がむかむかしましたが、母と私は手をしっかり握り合って離しませんでした。

　ところが、私に青天霹靂《せいてんへきれき》といえることが起こりました。未感染児童と分類されて母と一緒に生活できず、保育園に連れていかれるようになったことです。私は母の号泣を背に松林の道を引っ張っていかれたのですが、その松林を吹き抜ける切ない風の音を今も忘れることができません。

　保育園での生活は悲しみと飢えの日々でした。ある日、地面に転がっている梅檀《せんだん》の実が飴玉《あめだま》に見えて拾って食べたこと、また、麹《こうじ》を作るための半ば腐った大豆を盗み食いしたことが露見してしまいました。

　罰として、吹雪吹く屋外で手を挙げて立たされました。暗闇と寒さと恐怖のなかで気絶してしまい、気が付くと両手両足が凍傷にかかっていました。数か月治療しても治らず、母の暮らす病舎に移動させられ、母の看病を受けました。しかし凍傷の後にやってきたのはハンセン病でした。私も両親のように十二歳で谷間の者になったのです。

ハンセン病にかかったことがわかるやいなや襲ってきた刺痛は、死ぬほどの苦しみでした。二年間続いた刺痛が治まると、体にはハンセン病の痕跡が残りましたが、死ぬような疼痛《とうつう》から脱け出したという事実に安堵《あんど》しました。ハンセン人となり、小鹿島にあった小学校、中学校を経て誠実《ソンシル》高等聖経学校を卒業し、さらに鹿山《ノクサン》医学講習所を六期生として修了して、同じハンセン人の傷を手術し治療する仕事を行いました。

そうしているうちに五馬島《オマド》干拓事業場で医療を担当するようになりました。ある日、五馬里《オマリ》に住んでいた青年が夜に体調を崩したので、その青年の家に行って治療をしてやることになりました。青年の病状が恢復《かいふく》するのを待ちながら垣間見《かいまみ》たその家庭の様子は、私にとって衝撃でした。たとえ貧しくても家族全員がむつまじく一緒に暮らす様子を見て、自分の人生はまるで瓢箪《ひょうたん》の中に閉じ込められているようなものであり、小鹿島から出て人間らしく生きなければと思いました。しかし小鹿島から出ることのできる方法は脱出だけでした。外出許可を受けて小鹿島を出てきて、そのまま戻りませんでした。

小鹿島から出たものの、故郷もなく家族親戚もいないので、生きてゆく日々は茫然《ぼうぜん》たるものでした。生きるために谷間の者の遺産である物乞いに半年ほど通いました。多くの困難がありましたが、小鹿島で取得した鹿山医学講習所修了の経歴が大きな力になりました。一九六七年、済州島《チェジュド》へ渡ってゆき、鹿山医学講習所修了の経歴と小鹿島で同じハンセン人たちを治療した経験から、無許可医療行為で生活を続けていきました。やがて知人に出会い、道立病院に就職できました。

仕事をしているうちに医療技師である放射線技師免許を取得するようになり、医院と病院の事務長を兼務しながら昼夜を問わず誠意を尽くし、職場に通いました。普通の人たちとは異なる体で社会に認められようとしたので、あまりにも自分の力に余り、そのまま生きることを放棄したい気持ちが切実でもありました。そのたびに、この程度の困難は誰にでもあることではないのかと自らを慰め、気持ちを引き締めました。

白髪になった今、自分の人生を振り返ってみます。私の人生の道では恨みも、挫折も、落胆も、自殺の失敗も、家庭の破綻もすべて経験したのでした。そのたびに、私の十字架はなぜこれほどまでに重いのかを知りたかったです。この小鹿島に戻ってきて火葬場で二年間ほど勤務しながら、八〇パーセント以上が縁故者のない寂しい人たちで、独りで旅立ってゆく彼らの最後の旅路を見送り、虚脱感を味わいました。ふいに彼らが横たわる棺が火葬口に入ってゆき、ゆらゆらと空に昇る白い煙の果てに、一握りの灰としてふたたび戻ってくる姿を見て、今はいかに生きるかを悩むのではなく、どのように死んでいくかを考えねばならないときになったことを知りました。

幼いときに母に従って小鹿島に入ってきて、寒さと飢えでハンセン病にかかり、ハンセン人として生きねばならなかった私の人生を記録した本が『小鹿島　賤国への旅』でした。今ふたたび私の人生を振り返る詩篇《しへん》を集め、世に送り出します。母に従い小鹿島に来たとき以来、隔離収容所での胸が痛かった子ども時代、困難ではあったが希望があった学生時代を経て、年老いて経験した旅から受けた感動の瞬間を詠《うた》った詩などです。

どのように死ぬかを考えはじめてから、私の人生はいっそう大切なものとなり、過ぎ去った多くの時間になおいっそう胸が痛みます。しかしこのように生きていることを感謝します。ありがとうございます。愛しています。もう一度、私の人生に句読点を打ちながら、目頭が熱くなります。そして詩集の出版まで関心を持ってお力添えくださった金性俐《キムソンニ》教授と、惜しむことなく激励してくださった蔡奎泰《チェギュテ》教授に心からお礼申し上げます。

二〇一六年を迎えて

小鹿島にて　姜善奉《カンソンボン》

46　原文は곡산이（コクサンイ）である。「コクサン」は漢字では「谷山」であり「イ」は人・物を表す依存名詞なので「谷間に住む者」というような意味になる。ここでは「谷間の者」とした。著者はこの言葉について以下のように記している。

「過去、癩菌に感染すると父母兄弟、一家親戚から棄てられ追い出されなければならなかった。行くところのない彼らは流浪乞食《るろうこつじき》して命を永らえるほかなく、病に苦しみ体が不自由なので人里離れた谷間、すなわち共同墓地の傍や荒れ地のようなところに掘っ建て小屋を作り、寄り集まって生活した。そこで暮らしていた者同士がお互いに自分たちを〈コクサンイ〉と呼んだことから由来する。」

また著者は自らの号を「谷山」としている。

推薦のことば

# 悲しみと涙のなかから愛と幸福がこぼれ出てきます

蔡奎泰《チェギュテ》

　この世のどこに何の事情もない人、涙なく生きた人間がいるでしょうか。小説のような自分の話を、悲しみで胸に収めたまま生涯を終えてしまう人が大部分でした。山にも名前があり、渓谷にも名前があり、その谷間に集まって隠れ住んだ人たちには、事情も涙もたくさんありますが、誰かが語ってくれなければ知る人はいません。姜善奉《カンソンボン》氏は、生きようとする人間本来の意志と汗と涙と血を通して、疲れを知らない努力と闘争の精神を、詩に昇華させて私たちに聞かせてくれています。

　かつて韓何雲《ハナウン》詩人は、ハンセン病患者の痛みと傷のありのままを生硬で激しい詩語で表現し、韓国民の胸を締めつけました。詩といえば抒情《じょじょう》を詠《うた》わねばならないと思っていた幼い頃、韓何雲の詩は衝撃的でした。私自身の精神的成長に大きな変化を導いてくれました。ハンセン病にかかった韓何雲詩人の歌は、自身の傷とそこに塩を塗る時代と大衆に、全身で抵抗する凄絶な詩でした。

　このたび谷山《コクサン》先生の詩は、ハンセン病患者だという後ろ指と憎しみに凝り固まった視線のなかでもひるむことなく生きて、自分たちが成し遂げた医学的社会復帰と、社会的、経済的、宗教的社会復帰を通して、社会の一員として戻ってきた過程での話と歌を私たちに聞かせてくれます。私たちの隣人の言葉と詩に、耳を傾けてみようではありませんか。

他人の悲しみを自分の悲しみのように感じることのできる人は幸せだと聞きました。イエスは山上の垂訓で八つの幸福について語り、尹東柱《ユンドンジュ》も歌いました。〝……悲しむ者に福があるから、私たちは永遠に悲しむであろう……〟。釜山《プサン》で避難民のための慈善病院を開いた聖山《ソンサン》　張起呂《チャンギリョ》先生は、病を得た苦しみを悲しみ、涙を通して悲しみを癒《いや》すものが愛であると言いました。

自分も泣いたことがあると思う人、泣いたあと心が晴れ、そして心の安定と愛と慰めを得たと思う人、涙が何なのか見たこともなく涙を流したこともないという方、一度読んでみてください。大きな声で読んでみられるなら、姜善奉の涙の上にみなさんの涙が一粒落ちるときに、彼の悲しみと愛がひと筋ひと筋重なり合っていく様子が見えることでしょう。胸を開き、泣いている人の痛みに添い、一度泣いてみるなら、みなさんの愛と幸福が涙のなかからこぼれ出てきます。

（カトリック医科大学ハンセン病研究所長）

解説

# 小鹿島《ソロクト》について

川口祥子

## はじめに

いまから二十二年前の一九九六年四月、日本で国の強制隔離政策によって差別と偏見を植えつけてきた「らい予防法」がようやく廃止された。翌々年の九八年には、療養所の入所者たちが熊本地方裁判所を皮切りに国家賠償請求訴訟を提訴し、二〇〇一年、原告側が全面勝訴を勝ち取った。また、同年に「ハンセン病療養所入所者等に対する補償金の支給等に関する法律」（ハンセン病補償法）が施行された。かつて植民地とされた韓国・小鹿島《ソロクト》更生園と台湾・楽生院の入所者たちも二〇〇三、四年に日本に対し補償を請求した。だが、いずれも棄却され、東京地裁に提訴したが、二〇〇五年、東京地裁では韓国訴訟は原告敗訴、台湾訴訟は原告勝訴となっ

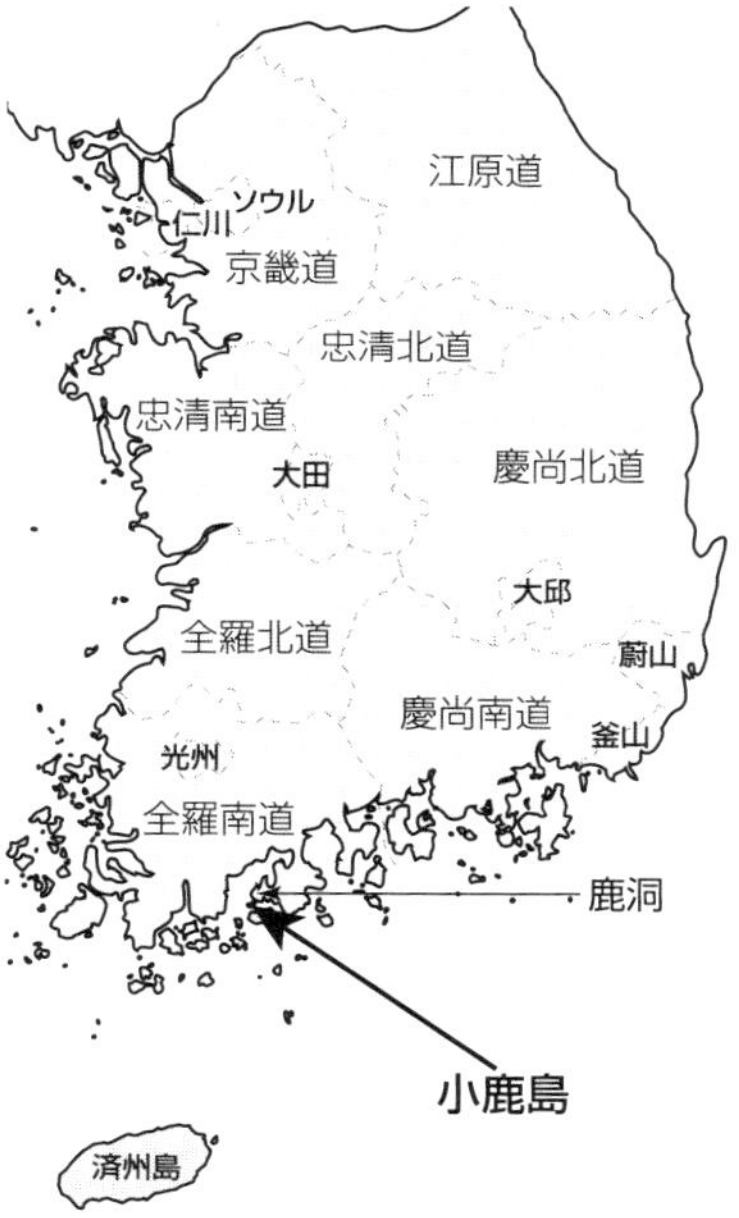

た。しかし、翌〇六年に「ハンセン病補償法」を改正することにより、韓国と台湾の入所者への補償は承認された。また、二〇〇七年には日本統治時代のミクロネシアの四療養所入所者への補償も承認されるに至ったが、残念ながら植民地下の非入所者への謝罪と補償問題などは課題として残った。

## 小鹿島とは

小鹿島は朝鮮半島の南端、高興半島の先に位置する小島であるが、行政上は大韓民国全羅南道高興郡道陽邑小鹿里である。面積は三・七九平方キロメートルであり、長島愛生園《ながしまあいせいえん》、邑久光明園《おくこうみょうえん》のある岡山県長島の三・五一平方キロメートルよりもやや広い。その形状が幼い鹿に似ているとして小鹿島と呼ばれてきた。日帝時代に療養所がつくられて以来、国家がハンセン病を管理し、人権を抑圧してきた象徴的な空間であった。

## 解放前の小鹿島

一九一〇年、朝鮮を植民地にした日本は、「文明国」としての体裁を繕う必要から、キリスト教による療養所しかなかったハンセン病者に対して、一九一六年、この島に定員百名の全羅南道立小鹿島慈恵医院を創設した。初代院長の陸軍軍医・蟻川亨《ありかわとおる》は、入院患者に衣服や食事をはじめ日本式生活様式を強要し、翌一七年には小鹿島神祠《しんし》を設立し信仰の自由も認めなかった。「文化政治」期といわれる一九二一年に二代院長として就任した陸軍軍医・花井善吉は、キリスト教の布教を認めるなど、植民地期の院長としては患者から信頼された唯一の人物であった。一方、花井はこの時期に医院敷地の拡張を進めたため、島民たちは激しい反対運動を繰り広げた。

一九二九年に花井が小鹿島で没したあと、三代院長として皮膚科医師の矢沢俊一郎が就任した。彼は、翌三〇年の小鹿島公立尋常小学校の開校を皮切りに、三三年には病院事業を完成させるために島内の民有地全部を買収した。そして同年には長島愛生園長・光田《みつだ》健輔《けんすけ》と書記官・宮川量《みやがわはかる》が訪問し、光田の持論である「患者の隔離と輸精管切除」を薦める談話を当地の新聞に発表した。

次いでその年の九月に、朝鮮総督府技師の周防正季《すおうまさすえ》が四代院長として就任した。医師であり建築技師でもあった周防は、ただちに病院拡張工事に着手し、煉瓦《れんが》工場をはじめ船着き場や島内の道路工事など、患者の労働力を動員して二年間で第一期工事を完成させた。三四年十月には道立から国立癩《らい》療養所小鹿島更生園となり、三五年四月、日本で一九三一年に制定された「癩予防法」に準拠した「朝鮮癩予防令」が施行された。これにより朝鮮人ハンセン病者に対する総督府の管理と強制隔離政策をいっそう徹底させたのである。その年に鉄筋コンクリート造りの小鹿島神社が造営され、病舎地帯には分祠を建立して患者に参拝を強要した。また、同年には光州刑務所小鹿島支所を設置し、病舎地帯と職員地帯の中間に未感染児童収容所も付設した。

三六年になると、夫婦の患者には断種（輸精管切断）を条件に同居を許可した。断種は内地でも行われていたが、小鹿島では逃亡や職員への抵抗などに対する患者への懲罰としても行われた。三六年末からは第二期拡張工事に着手し、三九年に第三期拡張工事を行い、更生園は六千人規模に拡大された。

その後、皇民化政策が強まるなか、一九三九年には貞明《ていめい》皇太后節子《さだこ》の歌碑（「つれづれの 友となりても慰めよ 行くことかたき われに代りて」）を、翌四〇年には周防園長の銅像を相次いで建立し、毎月二十日には患者たちを周防の銅像に参拝させた。そのようななかで一九四二年六月二十日、周防園長は月例報恩感謝日に、入院患者の李春相《イチュンサン》によって像のかたわらで刺殺された。李春相は強制労働を命ずる園長に反感を抱き、仲間を助けるために一身を犠牲にしたといわれている。後任には総督府警務局衛生課長の西亀三圭が赴任し、五代園長として日本の敗戦まで務めた。

このように植民地下の小鹿島癩療養所は日本の「善政」を誇示する場所であり、斎藤実《さいとうまこと》、宇垣《うがき》一成《かずしげ》、南次郎《みなみじろう》総督の視察も行われている。したがって、外見を整えることが重要であり、公園、船着き場、灯台などの工事が入所者に対する強制労働によって行われた。その結果は当然、入所患者の病状悪化と死亡者の増加をもたらした。

## 解放後の小鹿島

一九四五年八月十五日、日本は敗戦を迎えたが、朝鮮では解放となった。しかし、入所者がそれを知ったのは十八日のことである。日本人職員がすぐに引き揚げたため、引き継ぎも行われず、しばらくは混乱状態が続いた。そのようななかで、八月二十一日には解放後の園の経営をめぐって朝鮮人職員と患者側の対立から患者八十四名が虐殺される事件が起こっている。また、日本統治期の断種・堕胎の慣習は、入所者の証言によると一九八〇年代後半までも続いていたという。

その後、四六、四七年には島を出て放浪する患者が増えて社会問題となったので、かつて解放前に小鹿島と九州大学医学部でハンセン病の治療と研究に従事した柳駿《ユシュン》らをはじめとするハンセン病研究者が「朝鮮癩予防協会」を設立して募金運動を行い、患者たちを定着させて自らの労働を通して生活を営む「集団部落運動（希望村運動）」と呼ぶ運動が始まった。そして一九五〇年までに全国に十六の自活村（希望村）が設立され五千余の放浪生活者が定着したが、三年間に及ぶ朝鮮戦争によりすべて霧散してしまった。

朝鮮戦争直前の小鹿島収容者数は六千名ぐらいとみられるが、戦争中、北の人民軍に占領された時期もあって食糧問題が深刻化した。また、北朝鮮側の元山沖・大島に集められていた患者たち百名が国連軍に従って韓国側への避難を求めたので、釜山《プサン》で一般の避難民を降ろしたのち、他の船で小鹿島に送られてきた。それによって衣食住問題はさらに深刻化したといえる。

一九五三年七月、休戦を迎えたことで、逼迫《ひっぱく》した数多くのハンセン病者たちが街にあふれ、物乞いなどをして浮浪する状態がまたしても社会問題となりはじめた。この当時のハンセン病患者数の確実な統計はないが、政府は約十万人と推定している。

翌五四年二月、第十八回韓国国会で「伝染病予防法」が制定され、「朝鮮癩予防令」は廃止となった。ハンセン病は結核ならびに性病とともに第三種の伝染病と位置づけられた。だが、隔離収容の制度は廃止されず、小鹿島から出て暮らしていた自治集落「定着村」は隔離収容施設の一種とみなされた。

そのようななかで、朝鮮戦争勃発前にアメリカに留学した柳駿が一九五五年に帰国するや、「朝鮮癩予防協会」を「大韓癩予防協会」と改め、組織を再建し政府の外郭団体に位置づけ、「官」と一部の有識者が主体となってハンセン病対策事業が始まった。その会の目的として、まず〈ハンセン病は治る病気〉であると世間に広く主張し、「希望村運動」を発展させて、回復者が自活するための定着村建設に力を注いだ。またその年に、ハンセン病患者の外来診療所が設立され、五七年には濃厚発生地帯の慶北地域中心に移動診療班が編成されていった。

「定着村事業」は、一九六一年に発足した朴正熙《パクチョンヒ》政権が朝鮮戦争からの復興と経済発展策に位置づけて推進したことで、全国的に広がっていった。政府は土地、家屋、仕事（養鶏、養豚など）をハンセン病回復者に提供し、病院から離れて自立生活をめざした。一九六三年に至って「伝染病予防法」が改められ、強制隔離が廃止となった。陽性患者のみを病院に残留または在家治療とし、回復者らを社会復帰させる方策に着手した。このように「定着村事業」によって回復者は国立、私立病院の「隔離収容」生活から解放され、自活の道を歩み、子どもを生み育てることが可能になった。しかし、その形成過程では近隣住民との葛藤や子どもたちの就学問題があり、現在では畜産業の経営困難と回復者たちの高齢化による生計維持のむずかしさなど、新たな問題が生じている。二〇一四年現在、定着村は八十四か所がある。

## 終わりに

相次ぐ新薬の出現により病気は完治し、「定着村事業」によって経済的自立は成し遂げられたものの、社会の偏見と差別が消えるには時間がかかった。元患者たちが自らの体験は不当であり、それは人権問題だと表明できるようになったのは二十一世紀になってからである。

「はじめに」で記したように、日本政府を相手に植民地時代の隔離政策の過ちを問う訴訟を起こした韓国の元患者たちは、日本と台湾の元患者と連帯する経験を通して隔離が不当だという確信をもった。また、二〇〇一年に発足した国家人権委員会はハンセン病患者の人権問題に関心をもち、二〇〇五年に初めてハンセン病患者の人権実態調査を実施した。その後、二〇〇七年には「ハンセン人被害事件の真相糾明および被害者生活支援等に関する法律」が制定され、これにもとづいて保健福祉部の下に設置された「ハンセン人被害事件真相糾明委員会」による調査も行われた。それによると「解放後のハンセン人に対する重大な人権侵害」として集団虐殺（一九四五年八月小鹿島入園者八四人事件から一九五七年八月慶南飛兎里《ピトリ》事件に至るまでの十件）、五馬島《オマド》干拓問題（58頁参照）、出産および養育・教育問題、定着村の人権侵害などが指摘され、二〇〇九年に国務総理の公式謝罪が行われた。

だが、これまでの法で救済されなかった深刻な人権侵害であった強制的な断種・堕胎が課題として残っていた。この被害者約五百四十名は二〇一一年から二〇一五年にかけて韓国政府を相手に国家賠償を求める六件の訴訟を起こした。そして二〇一七年二月、大法院（最高裁）は、断種・堕胎は「同意・承諾なく行われ、憲法上、身体を毀損《きそん》されない権利、胎児の生命権などを侵害する行為」であり、「幸福を追求する権利はもちろん、人間としての尊厳と価値、人格権及び自己決定権、プライバシーの侵害」であるとして国家賠償責任を認める判断を下した。

最後に現在の小鹿島についてふれておきたい。二〇〇九年に小鹿大橋が完全に開通し、もはや孤立した島ではなくなった。二〇一六年五月には開園百周年を記念して国立小鹿島病院ハンセン病博物館が開館した。それ以外にも島内にある日本時代の病院、検死室、神社、食糧倉庫などが歴史的文化財として保存され、日本の植民地支配の蛮行とハンセン病患者の苦難の歴史を学ぶ場となっている。

**参考文献**


・沈田漢「小鹿島の半世紀」山口進一郎訳、ハンセン病啓発誌『セピッ』一九七一年一月号掲載の一部分 http://www.eonet.ne.jp/~yokati/hanseiki/syourokuto.htm
・滝尾英二『朝鮮ハンセン病史　日本植民地下の小鹿島』未来社、二〇〇一年
・金新芽『石ころの叫び　韓国ハンセン病回復者と家族の歩んだ道』菊池義弘訳、新生出版、二〇〇四年
・柳駿『木を植える心　韓国ハンセン病治癒のために捧げた生涯』菊池義弘訳、牧野正直監修、東海大学出版会、二〇一〇年
・鄭根埴「解放後韓国のハンセン病政策と患者の人権」金貴粉訳、『国立ハンセン病資料館研究紀要』第二号、二〇一一年
・吉田幸恵「韓国ハンセン病者の現代史――韓国定着村事業の検討を中心に――」立命館大学大学院先端総合学術研究科博士論文、二〇一五年
・ハンセン病市民学会編・発行『バトンをつなごう　当事者運動と市民のかかわり　ハンセン病市民学会年報二〇一五』解放出版社、二〇一六年
・新田さやか・三本松政之「韓国のハンセン病者と定着村事業の展開過程にみる人権をめぐる課題」立教大学コミュニティ福祉学部紀要十九号、二〇一七年
・국립소록도병원『소록도 100년 한센병 그리고 사람、백년의 성찰』二〇一七年　など

# 訳者あとがき

姜善奉《カンソンボン》詩集との出会いは偶然であった。二〇一一年の一月、神戸・青丘文庫研究会で時々お会いする三宅美千子さんから一篇の詩「愁嘆場《スタンジャン》」の翻訳を依頼された。三宅さんは日韓のハンセン病問題に関心の深い人であり、ある集会で話をする際に資料としてその詩を使いたいとのことであった。

しかしハンセン病に関する知識に乏しい私は、詩一篇を訳すにもその背景を把握する必要があるので、その詩が収められている詩集と、同じ著者による『小鹿島《ソロクト》　賤国への旅』を借りて読んでみた。そこには姜善奉氏の壮絶な人生が記されていた。幼少・青年期の母子離別と発病の苦悩は読みながら涙を禁じ得なかった。しかしそのような逆境のなかでも母上の愛情とご本人の深い信仰によって、逞《たくま》しく人生を切り拓《ひら》いて生きてこられた氏の姿が二冊の本に込められているのを感じた。

さらに小鹿島と日本の植民地支配との関係も考えさせられた。姜善奉氏の父上は日帝時代に小鹿島から脱出し、強制労働によって痛めた体で放浪しながら母上と出会い、一人息子を得ながらも行き倒れて逝去された。その後、八歳の姜善奉氏が母上とともに小鹿島に入ることになったのは解放後の一九四六年であったが、当時の島での生活は日帝時代の制度をそのまま受け継いだ苛酷なものであった。以前から島で暮らしていた先輩たちと同じ部屋で過ごし、彼らから過去の話を聞くなかで、姜善奉氏は解放前の歴史を記し残しておくことも自らの使命であると感じたに違いない。

同二〇一七年三月、友人と小鹿島を訪れた。姜善奉氏はバスの終点である鹿洞《ノクトン》までご自分の車で迎えに来てくださり、国立ハンセン病博物館を見学した。その後、外部の人間が入れない区域にある碑や建築物など、島内を車で案内してくださった。最後に氏のお宅で奥様とともにお茶をごちそうしてくださり、前記二冊とその後に書かれた『谷山の忍冬草の愛』を頂戴した。これまで何人かの日本人に本を贈呈したが、まだ日本では紹介されるに至っていないとのことであった。

帰国するやいなや、この詩集を日本語に翻訳して多くの人に知ってもらいたいという思いがこみあげてきた。しかし私は詩を読むことは好きだが、自ら書いたこともなければ翻訳の経験もない。幸いにも敬愛する詩人の上野　都さんが快く監修を引き受けてくださったので、この書を公にする自信が持てた。

なお、詩集の原題は『谷山の松風の音』であるが、ここでは著者の了解を得て『小鹿島の松《しょう》籟《らい》』と改めた。


現在、日本ではハンセン病元患者家族の人たちによる国家賠償請求訴訟が進行中である。この訴訟は二〇〇一年に勝訴したハンセン病違憲国賠訴訟とともに国の責任を糾明するものであるが、同時に社会の偏見と差別、無関心をも問うものといえる。このような酷《ひど》い人権侵害が続いていたにもかかわらず、これまで無関心であった自分が恥ずかしい。遅まきながらも今後関心を持ち続けたいと思っている。

この書を、ハンセン病問題に関する優れた本を発行してきた解放出版社から出していただけるのはとてもうれしいことである。とくに、編集担当の小橋一司さんには種々のご助言をいただいた。あわせてお礼申し上げる。

二〇一八年一〇月

## 著者 姜善奉《カンソンボン》について（韓国語版より転載）

姜善奉は1939年、慶尚南道晋州《チンジュ》で生まれ、８歳（韓国の年齢）になった1946年、ハンセン人であった母親とともに小鹿島《ソロクト》に強制的に隔離された。そして13歳のとき、自分自身もハンセン病にかかり、小鹿島で小学校と中学校を卒業した。その後、小鹿島での最高教育機関である医学講習所課程を修了した。1962年、五馬島《オマド》干拓事業が始まるころ、小鹿島を離れて社会に復帰し、経歴を生かした医療人として自分の人生を切り拓《ひら》いてきた。2006年、ハンセン人の人権回復と小鹿島の過去と現在を広く社会に問うため『小鹿島　賤国への旅』を出版した（2012年、再版）。70代になり、「自分の人生を詠《うた》った恥ずかしい詩」を暇々に記しはじめ、現在は小鹿島に在住し、小鹿島の歴史と信仰の遺産を整理することに力を尽くしている。2016年には詩集『谷山の松風の音』、小説『谷山の忍冬草の愛』を出版した。

連絡先　seonbong4584@daum.net

## 監修 上野 都（うえの みやこ）

1947年、東京都に生まれる。

1970年、北九州大学外国語学部米英学科卒業。

1992年～ 1994年、枚方市教育委員会朝鮮語教室で学ぶ。

現在は翻訳業、自主講座にて韓国語講師。日本現代詩人会会員。

〈詩集〉

『フェアリイリングス』（1968年）、『此処に』（1998年）、『海をつなぐ潮』（2002年）、『地を巡るもの』（2013年）

〈翻訳詩集〉

『牽織悲歌』（1996年）、『春の悲歌』（2001年）、『国覓』（2005年）、『三島の悲歌』（2013年）。いずれも原作は金里博
尹東柱『空と風と星と詩』（2015年。2017年２刷 加筆修正）

## 翻訳 川口祥子（かわぐち さちこ）

1945年、大阪府池田市に生まれる。

1967年、立命館大学文学部史学科日本史専攻卒業。

池田市内公立中学校で社会科教員として30余年間勤務する。

その間に出会った在日朝鮮人生徒と保護者から大きな影響を受ける。

退職後、大阪外国語大学朝鮮語専攻に編入（卒業時は大阪大学外国語学部）。

大阪経済法科大学アジア研究所客員研究員。

〈論文〉

「1951年東京朝鮮中高級学校事件・戦後の布施辰治と朝鮮人［その１］」（『在日朝鮮人史研究42』2012年）

「布施辰治と朝鮮共産党事件」（『東アジア研究59』2013年）

「巣鴨事件・戦後の布施辰治と朝鮮人［その２］」（『在日朝鮮人史研究46』2016年）

「「巣鴨事件」の在日朝鮮人群像――事件への関わりとそれぞれの生」（『在日朝鮮人史研究47』2017年）　など

姜善奉詩集 小鹿島の松籟

2018年11月20日　初版第1刷発行

著者　姜善奉

訳者　川口祥子

監修　上野 都

発行　株式会社 解放出版社
大阪市港区波除4-1-37 ＨＲＣビル３階 〒552-0001
電話 06-6581-8542　FAX 06-6581-8552
東京事務所
東京都文京区本郷1-28-36　鳳明ビル102Ａ 〒113-0033
電話 03-5213-4771　FAX 03-5213-4777
郵便振替 00900-4-75417　HP http://www.kaihou-s.com/

装丁　森本良成

印刷　萩原印刷


ISBN978-4-7592-6786-0　NDC929.11　126P　19cm

**障害などの理由で印刷媒体による本書のご利用が困難な方へ**

本書の内容を、点訳データ、音読データ、拡大写本データなどに複製することを認めます。ただし、営利を目的とする場合はこのかぎりではありません。

また、本書をご購入いただいた方のうち、障害などのために本書を読めない方に、テキストデータを提供いたします。

ご希望の方は、下記のテキストデータ引換券（コピー不可）を同封し、住所、氏名、メールアドレス、電話番号をご記入のうえ、下記までお申し込みください。メールの添付ファイルでテキストデータを送ります。

なお、データはテキストのみで、写真などは含まれません。

第三者への貸与、配信、ネット上での公開などは著作権法で禁止されていますのでご留意をお願いいたします。

あて先

〒552-0001 大阪市港区波除4-1-37 HRCビル3F 解放出版社
『小鹿島の松籟』テキストデータ係

テキストデータ引換券
『小鹿島の松籟』
6786